AF249460

Ye

13788

LES ADIEUX

D'UN

DÉPUTÉ MINISTÉRIEL

A M. LE COMTE

DE VILLÈLE,

OU

LA CONVERSION D'UN VENTRU,

PAR SUITE DES CIRCONSTANCES ;

PAR

UN ÉTUDIANT EN DROIT.

PRIX : 75 C.

Paris,

THOISNIER DESPLACES, LIBRAIRE,

RUE VIVIENNE, N. 2 BIS.

1827.

IMPRIMERIE DE GUIRAUDET,
RUE SAINT-HONORÉ, N° 315.

PRÉFACE.

Depuis long-temps , et malheureusement trop long-temps , le ministère de M. de Villèle est pour tous les poètes du peuple une muse féconde en inspirations satiriques. Persiflé dans tous les sens, ridiculisé sous tous les rapports, poursuivi l'épée aux reins jusque dans les replis les plus cachés de son portefeuille , ce ministre astucieux semble ne demeurer impassible sous les traits qu'on lui lance de toutes parts que pour mieux encourager ses agresseurs à revenir sans cesse à la charge , comme s'il voulait ménager à la France le plaisir d'une victoire difficile mais certaine. En effet , chaque jour voit paraître quelque nouvelle pièce où cet étonnant personnage, jouant toujours le rôle principal , vient étaler aux regards d'un peuple qui le rejette de nouveaux titres acquis à son indignation et à son mépris. La dissolution du Corps législatif , les manœuvres frauduleuses des assemblées électorales , les scènes tragiques du quartier Saint-Denis, sont des événements assez graves de leur nature pour faire croire que M. le président du conseil les avait pré-

médités dans sa haute sagesse, comme devant sans
doute mettre le comble à son illustration politique.
Aussi attend-on avec impatience qu'il ait fini ses
exploits, pour savoir où il ira jouir de la fortune
qu'il a su se créer. Enfin, que le héros reste encore debout sur ses trophées, ou qu'il succombe à
l'animadversion générale, Sa Grandeur n'aura pu
me ravir le droit d'écrire d'après mes sensations.
C'est donc sous l'inspiration des circonstances dont
je fus le sensible témoin que j'ose livrer au public
ce petit nombre de réflexions, dont le but est de
lui plaire, en le prenant pour juge de ces élans d'un
cœur français. Puisse l'indulgence accompagner le
succès de mes premiers efforts!

LES ADIEUX

D'UN

DEPUTE MINISTERIEL

A M. LE COMTE

DE VILLÈLE.

———

Adieu, Villèle, adieu! Je quitte ce rivage;
L'horizon s'obscurcit, et j'ai peur de l'orage.
Le dangereux vaisseau dont tu tiens le timon
A travars tant d'écueils ne peut qu'aller au fond.
Les vents sont conjurés ; leurs haleines terribles
Amoncellent déjà des nuages horribles ;
Déjà, pour apaiser la rigueur du destin,
La France se soulève et sonne le tocsin.
Tout annonce, ô Villèle, une tempête affreuse!
Tout prédit de ton règne une fin malheureuse.

J'ai frémi, ce matin, en lisant le journal.
De tes nouveaux *scrutins* quel résultat fatal!
Où sera ton appui dans la lutte prochaine ?
A peine si des tiens on compte une centaine.

La redoutable *gauche* a des bras si nombreux,

Que la droite doit craindre un assaut désastreux.

Et d'abord, as-tu vu ce qu'a produit le Rhône,

La Seine, la Gironde, et la Loire, et la Saône ?

De l'est à l'occident, du midi jusqu'au nord,

Le parti libéral est partout le plus fort.

Alors, que faire ici, si tout change de face,

Et si toi-même, enfin, tu descends de ta place ?

Car il faut l'avouer, Villèle, il est un Dieu

Qui règle l'univers et met tout en son lieu.

Souvent, pour nous punir, ce Dieu, dans sa colère,

Dans les mains des tyrans dépose son tonnerre ;

Et des fléaux alors qu'on ne prévoyait pas

Viennent, comme tu sais, affliger les états.

Mais quand du juste Ciel les volontés suprêmes

Ont tiré leur effet de ces malheurs extrêmes,

La tyrannie expire, et son sceptre est brisé :

Tel qu'on voit dans les champs sur sa tige rasé

L'arbrisseau qui naquit d'une espèce sauvage,

Et dont le fruit amer est proscrit par l'usage.

Tout change sur la terre ; et qui sait mieux que toi

Mon dévoûment aveugle aux ministres du roi ?

Depuis six ans, quel autre a mis plus de constance

A voter tes budgets par un discret silence ?

Quand de ton digne fils, l'illustre trois pour cent,
La gauche osa parler sur un ton menaçant,
Pour faire triompher ce héros redoutable,
Que de *bons* à payer en dîners à ta table
N'ai-je pas dispersés dans les hôtels gascons
Où logent ces ventrus qui te vendent leurs noms ?
Et quand tu résolus, par un nouveau caprice,
D'imposer aux cadets un si dur sacrifice,
Qu'il fallut préparer les pairs indépendants
A confirmer les droits de l'*aîné* des enfants,
Esclave résigné de tes vœux despotiques,
N'allai-je pas offrir tes présents politiques
A cette noble cour d'où ton injuste loi
Devait sortir maudite et retomber sur toi ?
Que n'ai-je pas tenté dans ces jours de tristesse,
Quand Peyronnet voulait rendre esclave la presse ?
J'excitai tout le *centre* à couvrir de *bravos*
Le projet qui devait amener tant de maux.
Te souviens-tu du jour où le peuple et l'armée,
Rassemblés sur les bords de la Seine charmée,
Faisaient retentir l'air des accents du bonheur ;
Et que tous, à l'aspect d'un roi triomphateur,
Haranguant comme Henri cette garde fidèle....
Criaient : *Vive la Charte, et qu'on chasse Villèle !*
Bientôt, du Champs-de-Mars par mon zèle emporté,
Et craignant pour tes jours un peuple révolté,

J'accourus, tu le sais, t'annoncer à l'oreille
Le danger qu'inspirait cette ardeur sans pareille.
Aussi, dès le soir même, au signal de tes yeux,
Pour calmer les transports d'un peuple trop joyeux,
Lança-t-on cet arrêt qui fit tomber les armes
Aux dix mille soldats qui causaient tes alarmes.

Songe au moment critique où l'œil de la raison,
De ton budget suspect perçant la trahison,
Découvrit aux Français, que tu dupes sans cesse,
Vingt millions soustraits au profit de ta caisse.
Quel service important ne t'ai-je pas rendu,
Quand Laffite et Perrier, croyant t'avoir vaincu,
Entonnèrent soudain ces paroles sinistres :
Il faut, sans plus tarder, accuser les ministres ?
Pour te mettre à ton aise, et dissiper la peur
Qu'éprouvait ton parti dans ces jours de rumeur,
Il doit te souvenir qu'au milieu du murmure,
D'une voix de Stentor, je criai : La clôture !

Voilà ce que j'ai fait pour servir un pouvoir,
Qui ne m'a rien donné qu'un chimérique espoir.
Comptant sur le secours de ta haute influence,
Je croyais être encor député de *Provence* ;
J'espérais, en restant cloué sous tes drapeaux,
Pouvoir me signaler dans les débats nouveaux ;

Et qu'enfin, distingué parmi tant de reptiles
Qui te vendent le fruit de leurs veilles serviles,
De mes soins achetés justement satisfait,
Tu m'aurais fait nommer receveur ou préfet.
Mais je suis oublié. C'est le franc royalisme
Qui supplante aujourd'hui l'enfant du despotime.
Qui l'aurait pu prévoir? Que ces événements
Vont laisser dans mon cœur de noirs ressentiments !
Il me faut retourner aux lieux qui m'ont vu naître,
Honteux de n'être pas ce que je voulais être !
Ah ! quand dans mes foyers je serai de retour,
Je veux à mes amis dire sans nul détour :
« Gardez-vous de voter en faveur de Villèle :
« Ce colosse ébranlé ne bat plus que d'une aile.
« Nommez des députés que l'or ne séduit pas,
« Et dont l'honneur français guide toujours les pas. »

Oui, je le vois enfin, ta déroute est certaine.
Le trouble mal caché de ton âme hautaine
Fait voir que tu pressens un abord décisif,
Et que pour l'éviter tu n'as qu'un frêle esquif.
Déjà tes ennemis t'attendent sur la place.
Préviens, il en est temps, le sort qui te menace.
Ce superbe palais que l'or a cimenté
N'est plus pour ta Grandeur un lieu de sûreté.

Il te faut en sortir par une fausse route.

Il est un souterrain dont la profonde voûte ,

Te cachant aux regards de ces lions ardents

Qui bientôt contre toi feraient grincer leurs dents ,

Te conduira sans risque au bord du noir Tartare,

Où l'on voit de Néron errer l'ombre barbare.

Hâte-toi d'y descendre : où peut-on être mieux

Que dans le séjour même où vivent ses aïeux ?

Là , d'abord reconnu par ta dure arrogance ,

Avec tous les tyrans tu feras connaissance.

Mais, avant de nous fuir pour ne plus nous revoir ,

Permets que je t'apprenne un important devoir.

Il ne s'agit pas là de payer en paroles :

Il faut de ton trésor détacher trois oboles,

Et solder à Caron l'indispensable prix

Qu'il exige de ceux que la terre a bannis ,

Et si le nautonnier veut te rendre le reste,

Car c'est trop pour passer le rivage funeste ,

Dis-lui que tu prétends payer pour tes consorts

Qui ne tarderont pas à voir ces sombres bords ;

Et, fier d'avoir frété d'avance la nacelle

Pour Peyronnet, Corbière et toute leur sequelle,

Tu vogues aux enfers sur un fleuve de sang,

Où tu les attendras sans doute au premier rang.

Pour moi, désabusé, je vais passer la Loire,

En publiant partout ta déplorable histoire ;

Et, pour mieux oublier que je fus ton valet,

Je veux dans mon château qu'on prépare un banquet,

Non tel que ces festins où ta maigre Excellence

S'engraisse chaque jour aux dépends de la France,

Mais un gala champêtre, où l'aimable bordeaux,

Qui porte dans les cœurs l'oubli de tous les maux,

Augmentant le plaisir que me cause ta chute,

Et celle des vendus attachés à ta hutte,

Electrise mes sens, et dispose ma voix

A chanter ces couplets pour la première fois.

AIR : *Vive le Roi, vive la France !*

Amis, je veux me convertir

Et réformer mon caractère ;

Je veux perdre le souvenir

D'avoir servi le ministère.

Lorsque, sous ses drapeaux rangé,

Je fis serment d'être fidèle,

Je ne m'étais pas engagé

A mourir avec de Villèle.   *(bis.)*

Abjurez comme moi l'erreur
D'une expirante tyrannie,
Et croyez aux jours de bonheur
Qui vont luire sur la patrie.
Voyez ces nobles députés
Que distingue leur éloquence :
Ils défendront nos libertés,
Et feront revivre la France.   (*bis.*)

Honneur aux libres électeurs
Qui, sourds à d'indignes menées,
Ont su repousser les malheurs
Dont nous menaçaient sept années.
En vain pour troubler leurs esprits
On suscitait d'horribles scènes :
En versant le sang dans Paris
On l'a fait bouillir dans leurs veines.   (*bis.*)

Buvons à leurs chères santés,
Et que Bacchus, dans son caprice,
Se montre à nos cœurs enchantés
Plus généreux que la *police*.

Oublions un pouvo'r maudit ;

Souhaitons que Villèle parte ,

Et répétons comme on l'a dit :

Vive le Roi ! vive la Charte !!!   (*bis.*)

———

« Halte-là, c'en est trop, » répond avec fureur

Le ministre accusé par son coupable cœur.

« Sais-tu bien... ? Je devrais... » Et sa voix tremblotante

Cherchait en vain les mots sur sa bouche béante ,

Quand il reprend enfin, d'un ton mal assuré,

Ce discours menaçant qu'il n'a pas préparé :

« Oui, je devrais ici, dans ma juste colère,

« Venger sur toi l'affront de tout mon ministère.

« Sais-tu bien que ma garde est prompte à manœuvrer,

« Et qu'un clin-d'œil suffit pour te faire sabrer ?

« Mais je dois pardonner un excès de folie

« Qui vient donner le change à ma mélancolie.

« Depuis que j'ai dissout les censeurs de mes lois,

« Ont dit de toute part que je suis aux abois,

« Et ce funeste bruit, en parcourant la France ,

« A porté jusqu'ici sa cruelle influence.

« Déjà, pleins de frayeur, plusieurs de mes soumis

« De ce riche palais ont franchi les parvis,

« Et le peu qui me reste, en proie à la tristesse,

« Ne peut rien pour calmer le chagrin qui m'oppresse.

« Mais ce que tu me dis tend à me rassurer :

« J'aime à voir les *ultras* contre moi murmurer,

« Se disputer l'honneur de me couvrir d'injures,

« Tenter pour me trahir de coupables mesures,

« Et provoquer enfin un lâche repentir

« Pour se venger des maux que je leur fais souffrir.

« Ces complots, mal tramés pour hâter ma ruine,

« Exaltent dans mon cœur l'orgueil qui me domine.

« Je sens que ma Grandeur peut s'élever plus haut,

« Et descendre plus bas, pour régner, s'il le faut.

Ces troubles ordonnés pour exciter la crainte,

« Le sang dont Saint-Denis porte encore l'empreinte,

« M'ont valu, je le sais, les reproches amers

« D'un peuple malheureux que je tiens dans les fers,

« Et c'est avec raison qu'on désirait ma fuite.

« Des torts qu'on m'imputait négligeant la poursuite,

« Et las de gouverner d'indociles sujets

« Qui ne connaissent pas le prix de mes bienfaits,

« Je voulais abdiquer, et ce grand sacrifice

« Etait fait en faveur du *chef de la police*,

« Tant je lui sais bon gré des actes inhumains

« Dont il a si bien su seconder mes desseins !

« Mais lorsque, révoltés par de fausses alarmes,

« Mes vassaux contre moi veulent prendre les armes,

« Lorsque, pour me braver, un perfide apostat

« Que j'ai nourri six ans des deniers de l'état

« Vient m'annoncer ici, sur un ton prophétique,

« Que je dois succomber à la haine publique,

« C'est en apprendre trop pour ne pas voir enfin

« Que je suis appelé par un décret divin

« A faire encor long-temps le malheur de la France,

En lui donnant des lois au gré de ma démence.

« Oui, le Ciel a parlé dans ce prompt changement.

« En vain les ennemis de mon gouvernement

« Se sont coalisés pour briser ma couronne :

« Qu'on sache que Villèle est ferme sur son trône,

« Et que pour raffermir son absolu pouvoir

« Il a des procédés qu'on ne saurait prévoir.

« Encore quelques jours, et ce peuple rebelle

« Saura ce que l'on gagne à troubler ma cervelle,

« Et ce que peut enfin mon orgueil offensé,

« Pour repousser les coups dont je suis menacé.

« Vainqueur du cinq pour trois, père du sacrilége,

« Il me reste à jouir de plus d'un privilége ;

« Je les ferai valoir ; et, sans plus différer,

« Au combat provoqué, je vais me préparer.

« Je vais produire aux yeux de la France étonnée

« Mes projets destructeurs conçus pour cette année.

« Je veux briser la presse, étouffer les esprits,

« Paralyser la Charte, objet de mon mépris,

« Faire craindre mon nom sur la terre et sur l'onde,

« Balancer le pouvoir du créateur du monde....

« Et que tous les mortels.... » A ces mots, un éclair

Lui coupe la parole, et disparaît dans l'air.

Soudain la foudre éclate, et la terre s'entr'ouvre ;

Le trône du tyran, renversé, tombe en poudre ;

Un nuage de feu que l'enfer dut vomir

Le pousse vers l'abyme ouvert pour l'engloutir ;

Et là, près de franchir les bornes de la vie,

Il appelle l'*ultra* d'une voix affaiblie ;

Mais déjà le Gascon, sur sa mule enfourché,

De ce spectacle affreux témoin effarouché,

Piquait de l'éperon jusques à perdre haleine,

Et répétait souvent, en arpentant la plaine,

Ces mots sentencieux que l'écho recueillit :

Adieu, Villèle, adieu ! je te l'avais prédit !

FIN.